AF131923

SOUS LES ALIZES...

Quelque part au cœur

du Pacifique

LOLA RIL

© 2020 Lola RIL,
Édition : BoD – Books on Demand, 12 / 14 rond-point des
Champs-Élysées, 75008 Paris
Impression : BoD - Books on Demand, Norderstedt,
Allemagne
ISBN : 9782322234929
Dépôt légal : juin 2020

Quelque part dans le Pacifique,

début mai 1922

Le soleil illuminait ses cheveux. Elle était allongée sur cette plage où nous avions échoué voilà près de quatre mois. Elle était magnifique, si courageuse. Pas une larme, pas une plainte.

Comment imaginer ce petit être si frêle, posséder une telle ténacité, cette force intérieure qui lui donnait autant d'espoir ? Notait Archibald dans son carnet.

« - Encore à gribouiller dans votre livret Archie ? Interrogeait Roxane en se dirigeant vers lui

- oui comme toujours, ma chère Roxy !

- qu'avez-vous à raconter ? Nous sommes au beau milieu de nulle part !

- oui, certes, je raconte notre épopée, je parle de vous !

- oh, Archie ! Vous êtes sûr que cela pourrait intéresser quelques personnes ?

- lorsque l'on retrouvera nos corps sans vie, il y aura au moins une trace de notre aventure !

- Oh, mon cher Archie ! Pourquoi cette certitude que nous ne nous en sortirons pas ? Elle lui tapotait amicalement l'épaule.

- je n'ai pas votre faculté à espérer, à y croire, Roxane. Je vous admire pour cela !

- bien, je vais cueillir des fruits ! Et si vous alliez pêcher un poisson ou deux ?
- oui, excellente idée, je meurs de faim !
- parfait, faites attention aux piqûres, aux morsures ! criait-elle en s'éloignant
- ne vous inquiétez pas ! Soyez prudente ! »

[Cette fille m'étonnera toujours !].

Ils s'étaient rencontrés à Miami…

I

Miami, janvier 1922

Archibald Patterson vivait à Miami. Il était professeur de littérature, écrivain à ses heures. C'était un bel homme d'une trentaine d'années. Son corps athlétique, ses yeux verts, ses cheveux blonds lui valaient les minauderies de la gente féminine.

Ces demoiselles futiles qui ne s'intéressaient qu'à la dernière mode, ou comment paraître à la prochaine *Party*.

Il faut bien admettre qu'Archie comme le surnommait tendrement sa mère Eleanor Patterson, était le célibataire le plus convoité de la Côte Est des États-Unis. De ce fait, toutes les jeunes filles à marier se précipitaient aux soirées de gala ou *Garden* qu'organisaient Eleanor.

C'était un homme élégant, charmant. Il portait un costume beige, le pantalon long et large venait se poser sur des *Richelieu bicolores. Un gilet ivoire en tweed, une chemise à manches longues beige avec un col *Henley* et poignets détachables. Un foulard, le tout rehaussé d'un *Fedora.*** Il avait cette allure hollywoodienne à la *Gasby le Magnifique.*

*chaussures très prisées de l'homme élégant des années 20
** chapeau des années folles

Archibald était un rêveur. Ses écrits étaient romanesques. Il s'était essayé à la poésie . Il était pigiste pour le *Hérald Miami.*

Il aspirait à rencontrer une femme cultivée, qui s'intéresserait aux Arts, la Littérature, qui aurait soif d'aventures. Rien de commun avec le genre de femme que sa mère souhaitait pour lui.

✔

Il devait se rendre à *Hawai*, afin d'honorer un poste de professeur de littérature. Une opportunité qu'il avait accepté afin de s'éloigner de sa famille, notamment de sa mère.

Elle lui donnait l'impression de ne pas être à sa place . Elle l'étouffait ! Il pourrait s'adonner à sa passion, l'écriture. L'île serait une formidable source d'inspiration, de faits historiques pour ses récits.

✔

Miss Roxane Mc Callum vivait à *Eatonville* proche d'Orlando. Du haut de ses vingt ans, arborait avec fierté un franc et délicieux sourire, prête à conquérir le monde.

Elle avait de longs cheveux roux qui rappelait ses origines irlandaises. Elle les remontait en croisant des nattes (malgré la tendance du moment qui prédominait*), les attachant en forme de chignon bas, rehaussé d'un chapeau cloche.

Elle portait une jupe rayée à volants qui laissait entrevoir ses chevilles. Des bas opaques qui ne laissaient rien transparaître de la couleur laiteuse de sa peau.

Des *Salomé*** de couleur beige. Une blouse courte aux manches ¾, un col en forme de foulard nouait sur sa poitrine, reprenait les motifs de sa jupe.

Elle était très fière de cet ensemble bleu lavande qui accentuait l'intensité de son regard azur, l'ayant confectionné elle-même.

*coupe à la garçonne ou mise en plis
**chaussures à brides en T sur le dessus à talons bobines

✔

Les mains crispées serrant les anses de son sac, très anxieuse.

Elle devait se rendre à *Hawai.* Elle avait été engagée pour occuper une place de Gouvernante, chez les Richmont, riche famille de l'île. Elle allait vivre loin de ses frères, de son père.

Recevoir des appointements pour son emploi. Vivre dans une somptueuse demeure. Toutes ces pensées l'excitaient et l'angoissaient tout à la fois.

II

Miami, janvier 1922

Roxane se trouvait à l'aérodrome de Miami. Elle devait prendre un moyen-courrier qui devait la conduire à San Francisco. D'où elle embarquerait pour une longue traversée.

Archibald arrivait d'un pas pressé, pensant être en retard. Bouscula Roxane. Il se dirigeait vers l'accueil :

« - Bonjour, Mr Patterson, comment allez-vous ? Nous sommes aux regrets de vous informer que le moyen-courrier pour San Francisco a eu une avarie !

- ne vous gênez surtout pas ? dit Roxane en agitant son doigt, furieuse

- je vous demande pardon ? Interrogeait Archibald surpris

- j'attends depuis plus d'une heure en ne sachant pas ce qu'il se passe, et vous, vous ! Vous me bousculait, me passait devant et... et...

- Je suis confus, Mademoiselle, je n'avais nullement l'intention de...

- oui, évidement, vous n'avez pas fait attention, vous ne m'avez pas vu ? Elle lui coupait sèchement la parole

- non, enfin ! Je vous prie de bien vouloir accepter mes excuses Mademoiselle ? Mademoiselle ?...

- Mademoiselle Mc Callum, j'accepte vos excuses, je reste cependant en colère. Pourquoi n'a-t-on toujours pas embarqué, Mademoiselle ?

- une avarie, Mademoiselle Mc Callum. Nous sommes désolés de la gêne occasionnée. Nous n'avons aucun autre appareil de remplacement.

- non, non, je dois être à San Francisco dans deux jours ! La voix emplie de larmes
- je ne peux rien faire, Mademoiselle Mc Callum, je suis véritablement désolée !
- Mademoiselle Mc Callum, puis-je vous aider ? Demandait Archibald
- non, personne ne peux m'aider, sanglotait-elle. Je devais honorer une place de Gouvernante. C'est terminé, Je vais devoir retourner chez mon père.
Archibald lui tendit un mouchoir. Elle s'essuyait les yeux et se mouchait.
- Merci, Mr, Mr… ?
- Archibald Patterson ! Je vous renouvelle ma proposition, accepteriez-vous que je vous vienne en aide ?

- comment ? A moins de savoir piloter, de posséder un aéroplane ? Il faudrait un véritable miracle !

- alors, je suis miraculeux !

comment, vous, vous… ? Elle le regardait étonnée

- oui, je possède un petit avion. Je devais me rendre à San Francisco et rallier *Hawai* !

- vous êtes sérieux ? C'est aussi ma destination !

- oui, alors dois-je vous compter comme passagère ?

- je ne sais pas, après tout, vous êtes un inconnu, et puis je…

- je souhaite juste vous aider !

- de toute manière, je n'ai guère le choix !
Cependant je tiens à vous rétribuer pour le
voyage ! Elle lui tendit la main

- Parfait, Mademoiselle Mc Callum !
Conclurent-ils en une poignée de mains.

Ils se levèrent. Elle prit sa valise, Archibald
son sac à dos, sa grosse sacoche.

- nous devons nous rendre au hangar B4 !

- comment y accédons-nous ?

- voici ma voiture, c'est à peine à 500 mètres. Je vous en prie ! Il ouvrit la portière
- Merci, Mr Patterson ! » . Elle était soulagée de pouvoir se rendre à San Francisco

✔

Ils embarquèrent dans le petit biplan.
« - vous êtes certain de savoir piloter ? Interrogeait-t-elle perplexe
- oui j'ai piloté un Curtiss NJ4 Jenny*, en intégrant le 103 rd Poursuit Squadron**. Vous n'avez rien à craindre Mademoiselle Mc Callum !

- si vous le dites ! Elle posait ses mains tremblantes sur ses cuisses.

- je ne vous aurai pas proposé de monter à bord ! » Il lui souriait.

[Il avait participé à l'effort de guerre !] Pensait-elle.

*le Curtiss JN4 Jenny était un avion militaire construit aux USA. Il a été conçu comme un avion d'entraînement. Il deviendra multi rôles (ambulances, missions d'attaque, livraisons).

** le 103 rd Poursuit Squadron prendra cette appellation en février 1918, passera sous le commandement américain, car cet escadron n'est autre que l'Escadrille Lafayette. A l'origine d'une volonté de jeunes américains, dont Norman Price artisan du mouvement, le 20 avril 1916. Ils créent l'unité

aéronautique N 124 plus connue sous le nom d'Escadrille Lafayette. Composée de pilotes américains au service de l'armée française. Cette escadrille était composée d'ambulanciers bénévoles, d'hommes de la légion étrangère. Ils apprirent à piloter, ensuite affectés sur des bases situées près du front. Les exploits des 43 pilotes entretiennent la légende de cet escadron. Leur emblème était une tête de peau rouge.

III

Entre Miami et San Francisco, Janvier
1922

La carlingue du petit bimoteur ne cessait
de bouger dans tous les sens. Roxane était
effrayée, bizarrement, elle avait confiance.
Lui n'avait nullement l'air de paniquer ce
qui la rassurait. Ils traversaient une zone de
fortes turbulences. Une tempête
phénoménale. Les vents étaient rapides.
Une pluie intense s'abattait sur les vitres de
l'avion. Ils étaient secoués, c'était brutal.
Les éclairs illuminaient le ciel, ainsi ils
purent distinguer l'immense océan qui
allait sûrement les engloutir à tout jamais !.

« - vous avez vu, Mr Patterson ?

- oui, oui ! Nous sommes au beau milieu de l'océan, pris dans une tempête tropicale, nous avons dû dévier de nôtre route!

- vous maîtrisez la situation n'est-ce pas ?

- oui, n'ayez aucune inquiétude, tout va bien se passer, je vous en fais la promesse !

- oui, oui, si vous le dites ! *[Oh pourquoi l'ai-je écouté ? Tu n'es qu'une idiote ma fille !]*

- ne craigniez rien, je vais faire atterrir cet avion ! » Essayait-il de la rassurer

Une énorme secousse fit faire un looping au biplan. Archibald le retournait, non pas sans mal, mais y parvint. La pluie se transformait en grêle, le bruit sourd du tonnerre, les éclairs, le vent tourbillonnait, s'enroulait autour du petit avion. Cette tempête se transformait en tornade.
Tout à coup Archibald sentit le manche du bimoteur lui résister, l'avion commençait à piquer du nez.

« - MD, MD ici Papa schuuu Alpha, MD, MD grrrr sommes en schhh perdition 5 miles nautique….. MD MD grrrr, Archibald essayait de lancer un appel de détresse mais la radio ne répondait plus, désormais ils étaient seuls, livrés à eux-mêmes.

- Non, nonnnnnnnnnn ! Hurlait Roxane
- baissez la tête, protégez-vous le visage ! »

Un bruit sec, des éclats de verre, l'appareil
semblait glisser sur plusieurs mètres, un
grand recul, puis plus rien.
Archibald se cogna la tête, mais il était
conscient. Roxane avait perdu
connaissance.
*[La ceinture l'avait sûrement protégé. Elle
n'avait pas de blessures apparentes !]*
Constatait-il

« - Mademoiselle MC Callum, Melle MC
Callum ! Appelait-il en lui tapotant la joue
- hum, hum où suis-je ? Encore nébuleuse
- tout va bien, avez-vous mal quelque part ?
- oui je crois, non j'ai juste une douleur
ici ! Elle lui indiquait son épaule
- non, ça va aller, c'est sûrement le coup,
lorsque nous avons atterri ! Il dé-clipsait le
harnais qui la retenait au siège.
- vous appelez cela un atterrissage ?
- oui, il est évident que nous avons atterri,
nous sommes sur la terre ferme et non pas
au fond de l'océan !

- oui certes, mais où sommes-nous ?

- je n'en ai pas la moindre idée !

Nous allons attendre le lever du jour. Nous irons jeter un œil

- oui, évidement ! Que faire d'autre ?»

✔

Le jour s'était enfin levé. Ils sortirent de l'avion. Archibald prit son sac à dos.

Roxane ouvrit sa valise pour changer de chaussures et passer un gilet. L'humidité de la tempête avait rafraîchi l'atmosphère. Ils partirent en reconnaissance.

Ils se trouvaient dans une clairière, arbres, fleurs, oiseaux, un paysage de forêt tropicale.

Ils entendirent comme un ressac de vagues. Ils se dirigèrent vers ce bruit, qui les conduisit sur une plage. Cela ne faisait aucun doute, ils étaient sur une île.

Ils se trouvaient quelque part... au cœur du Pacifique !

« - je n'y crois pas, vous, oh, vous !
Maugréait Roxane envers Archibald
- je n'y suis pour rien. Je n'avais pas prévu
d'essuyer une tempête !
- oh, vous trouvez cela drôle ?
- écoutez, je voulais simplement vous
rendre service !
- oui, oui, mais qu'allons-nous faire ? Je
vous rappelle que je devais être à San
Francisco demain !
- effectivement, je suis au courant, moi
également !

- bien, en attendant, nous devons retourner à l'avion, récupérer ce dont nous aurions besoin. Nous ne pouvons pas rester dans cette épave, les vitres sont brisées, la porte est cassée et le fuselage est déchiré ! dit-elle dépitée

- oui, allons-y, nous installerons notre campement contre ce rocher, sous les arbres là-bas ! »

Ils retournaient à la carlingue, prenant leurs effets, et certains objets dont un briquet, une arbalète et des flèches (Sport de prédilection d'Archibald), les toiles des parachutes, du matériel médical.

Combien de temps, resteraient-ils sur cette île ?

IV

Février 1922

Voilà, près de quinze jours que nos compagnons d'infortune s'étaient crashés sur ce petit bout de terre encerclé par cette immensité turquoise.

Ils s'étaient aménagés un endroit protégé. Près de la plage sous les palétuviers, à l'abri d'une petite grotte.

Le climat de l'île était tropical sec et sans chaleur excessive. Il faisait environ 30° . Ils avaient essuyé quelques averses. *[Ce devait être la saison chaude. La tempête nous aura fait dériver de plusieurs miles. Nous sommes sûrement sur une île des Galápagos !]* Pensait Archibald.

Après plusieurs reconnaissances des secteurs de l'île. Archibald commençait à noter ses observations.

Il s' y trouvait une faune très riche et variée. De très nombreuses espèces d'oiseaux. Des variétés de reptiles, dont des tortues géantes, iguanes marins et terrestres. Des myriades de poissons, des requins . Ils avaient observé des baleines à bosse. Ils avaient découvert des otaries à fourrure (spécifiques des *Galápagos*). Des centaines d'insectes.

Ils trouvèrent également des tombes et un temple de style Maya. *[Cette île avaient bien été habitée...]* Constatait-il

[Derrière le feuillage un mystérieux regard veillait...]

Cela ne faisait plus aucun doute pour Archibald, ils étaient bien aux *Galápagos.* Il se souvenait de ses lectures sur l'histoire de ces îles. Les expéditions, explorations des Espagnols. Les rendez-vous des boucaniers, des pirates. Les navires, les baleiniers qui accostèrent sur ces îles des *Galapagos.** Ce qui le confortait dans sa réflexion.

La flore de l'île, variait selon le relief. Près des côtes, ils découvrirent des palétuviers, pourpiers et myrtes. Des espèces aquatiques qui émerveillaient Roxane. *[Cette île est magique !].* Admirait-elle

---

*Au XIX siècle, Charles Darwin, y étudia la diversité des espèces. Après ses découvertes, il doutera du créationnisme et argumentera sur sa fameuse théorie, l'évolution, la sélection naturelle publiée en 1859.

En poussant plus loin leur petite exploration, se profilait une zone plus aride où des figuiers de Barbarie et cierges du Pérou prenant la place de la végétation côtière. Plus haut encore, ils y trouvèrent des goyaviers, passiflores et lichens. Plus loin encore, une zone où regorgeaient des fruits juteux. Une aubaine pour eux, de quoi subvenir à leurs besoins. Au sommet de l'île culminaient des fougères arborescentes de trois mètres de hauteur. Archibald se sentait bien minuscule en levant les yeux vers ces cimes qui pointaient vers le ciel.

[Cette île était parfaite !] Se réjouissait-il.

Roxane, avait finalement accepté son sort.
Cependant, elle en voulait toujours à
Archibald pour l'avoir embarqué dans cette
folie.

« - Avez-vous une solution pour fuir ce
paradis ?
- non... Oui... Enfin ! Peut-être, mais il me
faudrait du matériel pour réparer l'avion !
- oh, oui, vous m'étonnez ? Nous allons
trouver cela au drugstore du coin, n'est-ce
pas ?
- je suis au courant, avez-vous une
meilleure idée, Mademoiselle Mc Callum ?
Je vous écoute !
- oh vous, vous, oh ! » Elle partit furieuse.

Il la trouvait si craquante lorsqu'elle était en colère contre lui. *[Son petit nez et ses grands yeux bleus, c'était juste, hum !]* S'amusait-il !
Roxane trouvait cette situation dérangeante. Elle avait remarqué, le petit sourire narquois d'Archibald. Dans ces moments elle aurait voulu le gifler. Il lui rappelait ses frères lorsqu' ils la tourmentaient avec leurs sourires entendus.

✔

Roxane Mc Callum vivait à *Eatonville** près d'*Orlando*, avec son père et ses frères, Angus, Shimus, et Peter.

*Eaton ville était une ville emblématique de l'histoire afro-américaine. Elle fût fondée en 1881 par Joseph E Clarck ancien esclave et vingt-sept hommes, noirs, le soutien d'hommes d'affaires blancs dont Josiah Eaton, dont le nom d'Eatonville lui rend hommage. La culture des orangers et des citronniers permit à la ville de prospérer. A la fin du XIX siècle, en 1850, l'arrière, arrière, grand père de Roxane fît parti des émigrants irlandais. Ceux-ci fuyant la famine de leur pays (due à un parasite qui dévasta la totalité des cultures de pomme de terre, nourriture de base des irlandais). Après le développement du rail, du tourisme (constructions d'hôtels), la Floride se lança dans l'élevage, culture d'agrumes, production de bois, phosphate. La région connaîtra un essor considérable et le plein emploi.

Cet ainsi que la famille de Roxane s'établira dans cette région.

Roxane avait suivi une scolarité normale, sa mère étant morte en couche. Son père et ses trois frères l'avaient choyé et protégé du mieux qu'ils purent.

Parfois, ils la taquinaient. C'étaient de grands gaillards et leur sœur était leur petit trésor. Son père l'adorait. Cette jeune femme qui était si fière, si futée. Elle apprenait vite, se débrouillait de toutes les situations. Elle savait manier le fusil autant qu'une aiguille de couturière. Elle cuisinait aussi bien que ce qu'elle galopait les cheveux au vent.

Lorsqu'elle lui avait annoncé qu'elle avait accepté une place de Gouvernante chez une riche famille d' *Hawai*. Cela l'avait autant empli de fierté que de tristesse.

Roxane était une jeune femme dans l'air du temps.

Nous sommes en 1922, sous la période des «*Roaring Twenties*».* Roxane faisait partie de ces femmes qui bénéficièrent de ce mouvement. Elle avait toujours su s'affirmer. Tenir tête à ses frères avait su lui donner les armes pour être la seule et l'unique Roxane Mc Callum !

*Définie comme une décennie de changements, de prospérité, d'évolution sur les plans culturel, sociétal et économique. L'émancipation des femmes, sur le plan vestimentaire par exemple : la silhouette allongée, le corset est remplacé par le soutien-gorge, le porte-jarretelles, leur donne une aisance qui leur permettrait d'assumer leur féminité.

✔

Archibald Patterson était issu d'une famille très aisée. En effet il était l'un des descendants de *Julia Tuttle*.**

** Une riche veuve de Cleveland dans les dernières années du XIX siècle qui était venue s'installer dans sa plantation d'agrumes dans la région de Miami. On la surnommera « La Mère de Miami », jugeant le potentiel infini de Miami, elle consacrera le reste de sa vie à développer la ville. En 1894 et 1895 des vagues de froids détruiront toutes les plantations sauf celle de Julia. Elle finira par convaincre les élus de relier Miami grâce au chemin de fer. De ce fait la région s'ouvrira au tourisme avec la construction du Royal Palm Hôtel en 1897. A partir de cette période, Miami se développera rapidement. Les ouvriers afflueront de toute part surtout les travailleurs

noirs.. Au début du XX siècle de nouvelles cultures verront le jour, comme l'avocat. En 1920 la ville autorisera les jeux d'argent et ne fera pas appliquer la prohibition. La croissance de la population évoluera rapidement.

C'est donc ainsi que la famille d'Archibald bénéficierait d'une immense fortune, Eleanor, *petite nièce de Julia*, qui n'était pas peu fière ! S'en glorifiait à chacune des *Garden* ou soirées qu'elle organisait. Le père d'Archibald était un homme simple, issu d'une famille de notable, aisée certes, mais humble. Il avait eu le coup de foudre pour Eleanor. Malgré son côté m'as-tu-vue, elle était humaine et savait reconnaître que parfois elle dépassait les limites.

Archibald adorait sa mère, mais ils étaient souvent en conflit depuis quelques années.

C'est pourquoi, il avait accepté cette opportunité de travail si lointain. Il avait réellement besoin de mettre cette distance avec ce milieu de la haute société qui le mettait de plus en plus mal à l'aise, qui ne correspondait pas à la vision qu'il avait de sa vie future.

V

Mars 1922

Six semaines s'étaient écoulées , depuis leur atterrissage de fortune. De leur côté, les familles respectives de nos deux héros s'inquiétaient de na pas avoir de leurs nouvelles.
Un courrier aurait dû les prévenir de leurs arrivées.

Eleanor Patterson prit son carnet d'adresses, elle remuait ciel et terre pour savoir si son fils était à *Hawai.* Le père de Roxane lui, télégraphiait à la famille Richmont.

Les réponses du gouverneur d'*Hawai* et de
Mr Richmont, ne firent que confirmer
l'inquiétude des familles.

Eleanor demandait à ce que l'on entame
des recherches pour retrouver l'épave de
l'avion d'Archibald, ayant découvert qu'il
pilotait son biplan.

« - mais enfin, pourquoi est-il parti avec
son avion ? Demandait-elle dépitée à son
mari
- je n'ai pas de réponse ma chère, mais
nous savons qu'il est un pilote confirmé !
- vous croyez ? Il est vivant n'est-ce pas, il
est vivant notre petit ?

- mais oui Eleanor, ne perdons pas espoir. Il n'a pas rallié San Francisco, les recherches devront donc être effectuées sur plusieurs miles, au cœur de l'océan Pacifique. Nous n'arrêterons pas de chercher, je vous en fais la promesse ma chère ! » Essayait-il d'être rassurant. Il était cependant, autant anxieux que son épouse.

✔

Quant à Mr Mc Callum, il était anéanti. Ses fils et lui retracèrent le parcours de Roxane.

Ils découvraient qu'elle avait embarqué avec un certain Archibald Patterson dans un biplan qui appartenait à celui-ci. Qu'elle n'avait pas pris le moyen-courrier prévu pour rallier San Fransisco.

« - mais, enfin ! Que lui avait-t-elle pris ? Maugréait Mr Mc Callum
- je ne sais père ! répondit Shimus
- Père, nous devrions peut-être rencontrer la famille de ce Patterson ? Suggérait Angus
- oui, oui, peut-être !
-c 'est une excellente idée ! Acquiesçait Peter

✔

Les voilà arrivés devant l'immense propriété des Patterson. Une large grille où l'on distinguait en lettres d'or « *Patterson High House* ». Cela les intimidait.

« - vous désirez Monsieur ? Une voix retentit au travers de l'interphone
- Monsieur Mc Callum et ses fils, nous souhaiterions rencontrer Monsieur et Madame Patterson !
- le motif de votre visite Monsieur Mc Callum ? Interrogeait la voix
- ma fille aurait embarqué avec Monsieur Archibald Patterson, s'il vous plaît, nous sommes inquiets ! »

La grille s'ouvrit, les quatre hommes s'introduisaient dans la propriété. Une longue allée bordée de palmiers. Tout autour du gazon. Un parcours de golf se dessinait au loin. Ils arrivaient sur le seuil de l'immense demeure cossue de la Famille Patterson. Un homme élégant se dirigeait vers eux.

« - Messieurs Mc Callum ! Il les saluait
-Monsieur Patterson, voici mes fils, nous aurions souhaité comprendre pourquoi ma fille se trouvait avec votre fils ?
- je n'en ai pas la moindre idée ! Fit-il étonné

- comment ? Savez-vous au moins ce qui leur est arrivé ?

- nous avons lancé des recherches sur plusieurs miles dans le Pacifique. Nous espérons qu'ils auront pu atterrir sans encombre !

- Pensez-vous qu'ils soient vivants ? demandait Shimus

- oui, cela ne fait aucun doute ! Mon fils est un pilote expérimenté, il a fait parti de l'escadrille la Fayette !

- C'est un héros de guerre !S'exclamait Peter

- oui, messieurs, j'ai donc bon espoir !
- pourriez-vous nous tenir informés de
l'évolution des recherches Mr Patterson ? -
bien évidemment, messieurs, permettez-
moi de vous convier à rester chez nous, le
temps des recherches, vous seriez nos
invités ! Suggérait le père d'Archibald
- nous ne voudrions pas nous imposer,
votre proposition nous touche ! Il regardait
ses fils comme pour obtenir leur
approbation
- père, nous pensons que cela pourrait être
une bonne idée, de plus nous pourrions
aider pour les recherches ! Argumentait
Peter

- oui Père nous devrions rester ici !
Acquiescèrent Angus et Shimus
- bien, Monsieur Patterson, mes fils et moi acceptons de bonne grâce ! » Répondit Mc Callum en scellant leur accord d'une poignée de mains.

VI

Début avril 1922

« - Depuis combien de temps sommes
nous sur cette île ? Interrogeait Roxane
- trois mois et une semaine !
- oh ! Vous, je vous déteste, trois mois,
trois mois !
- Mademoiselle Mc Callum, vous pourriez
cesser de me détester, cela ne sert à rien de
vous en prendre à moi !
- je vous détesterai si je veux. Je n'ai guère
autre chose à faire, de toute façon !

- vous êtes injuste ! Roxane, je vais devoir
m'excuser à combien de reprises ?
- je suis coincée ici, au beau milieu de nulle
part. Entourée de cette immensité,
d'animaux sauvages, d'insectes. Oh, vous,
vous ! »
Agitant son doigt sous le nez d'Archibald,
elle alla se réfugier dans la grotte qui leur
servait de maison d'infortune.

✔

Il détestait qu'elle s'emporte contre lui. Il
voudrait pouvoir la rassurer. La prendre
dans ses bras .

Il la trouvait si mature pour n'avoir que 20 ans. Elle était capable de pécher, de fabriquer un vêtement avec des rideaux ou de la toile de parachute. De cuisiner de succulents repas.

De s'émerveiller au passage des baleines à bosse où devant le magnifique plumage des oiseaux qui peuplaient cette île.
De s'intéresser à ses notes. Elle avait même commencé un herbier afin de répertorier les fleurs de l'île. Il appréciait ces moments passés près d'elle. Ils étaient si complices durant ces instants.

✔

Roxane s'en voulait de s'emporter contre Archibald. Lorsqu'elle y pensait. Elle aimait leurs moments de complicité lorsqu'ils partaient en reconnaissance. Elle appréciait de découvrir toutes ces choses merveilleuses avec lui. *[Je devrai aller m'excuser !].* Elle se leva, se dirigea vers Archibald.

« - si c'est encore pour me faire des reproches, Mademoiselle Mc Callum ? Je ne suis pas d'humeur !

- vous, vous êtes impossible ! Elle tourna les talons

- Roxane, attendez ! criait-il en la rattrapant que voulez-vous ?

- je suis désolé, je n'aurai pas dû vous agresser de la sorte ! Lui prenant la main

- oui, c'est vrai, d'autant plus que je venais vous faire des excuses ! Elle retirait sa main

- ah, oui, euh... ! Je suis confus Roxane vraiment !

- non tout est ma faute, je vous propose que l'on reprenne tout à zéro ! Elle lui tendit la main

- bonjour, je m'appelle Roxane Mc Callum, mes amis m'appellent Roxy ?
- enchanté, Roxy, Archibald Patterson, Archie pour les intimes ! Il lui serra la main
- enchantée Archie. »

[Derrière le feuillage toujours à l'affût ce mystérieux regard...]

VII

Juin 1922,

Depuis leur mise au point, ils se
montraient courtois l'un envers l'autre.
Les jours s'écoulaient paisibles. Ils se
partageaient les tâches. La pêche, la
cueillette, la recherche de bois, d'eau
potable. De plantes médicinales ou
répulsives. Ils apprenaient beaucoup l'un
avec l'autre et l'un de l'autre.

Les cheveux retombant en cascade sur sa
nuque, une barbe claire lui couvrant le
menton, cela donnait à Archibald un air de
ces aventuriers (comme décrits dans les
histoires romanesques que Roxane lisait).

Son torse luisait au soleil, le teint hâlé,
simplement vêtu d'un pantalon remonté à
hauteur des mollets.
[Il est vraiment très séduisant !]
Songeait Roxane

Roxane avec sa belle chevelure
flamboyante au vent, sa peau laiteuse qui
avait désormais un hâle doré, était
resplendissante. Elle ne portait qu'une
légère robe en mousseline ajourée.
Pieds nus sur la plage. On aurait dit un
ange.
[Elle est vraiment sublime !]
Rêvait Archibald

✔

Des sentiments commençaient à naître, même si nos deux héros, n'en étaient pas véritablement conscients.

« - Archie, depuis combien de temps sommes-nous ici ?

- d'après mes notes cinq mois, pourquoi ?

- croyez-vous que des recherches ont été entreprises, afin de nous retrouver ?

- Oui ! Connaissant ma mère, tout juste si elle n'aurait pas fait intervenir les forces armées ! Il s'efforçait de la rassurer

- oui, mon père doit être effondré, mon pauvre *Daddy*, mes frères. Ils me manquent terriblement. Ils se comportaient parfois en véritables crétins, mais.je les aime si fort !
Elle avait la gorge serrée
- oui, je comprends Roxy, même, si ma mère me rendait fou, j'avoue qu'elle me manque énormément aujourd'hui ! » Se confiait-il.

[Derrière le feuillage toujours à l'affût un regard mystérieux...]

✔

Monsieur et Madame Patterson, la famille Mc Callum continuaient les recherches. Celles-ci avaient été infructueuses jusqu'à présent. Mais, ils ne perdaient pas espoir. Eleanor était plus déterminée que jamais. Ils avaient aménagé leur quartier général dans l'immense bibliothèque de leur demeure. Ils avaient élaboré une véritable tactique, digne des stratégies militaires décrites dans *l'Art de la Guerre*.

La famille Mc Callum, était toujours présente. Une certaine amitié et beaucoup de respect s'étaient installés.

« - Nous allons les retrouver ?

- oui, ma chère, ils sont sains et saufs, il ne peut en être autrement ! Rassurait Mr Patterson

- bien évidemment, je le ressens au fond de mon cœur, notre petite Roxane est en vit ! Affirmait Mr Mc Callum

- oui, moi aussi père ! Petite Roxy est quelque part ici ! Indiquait Angus en pointant du doigt un tout petit point sur la carte

- comment ? Êtes-vous certain de votre fait jeune homme ? Interrogeait Mr Patterson

- Oui, Roxy et moi sommes liés par le cœur et l'esprit, je le ressens Monsieur !

- Oui, enfants déjà, ils avaient ce lien ! Acquiesçait son père

-Alors qu'attendons-nous ? S'extasiait Eleanor... »

VIII

Juillet 1922,

C'était la saison froide depuis plusieurs semaines, avait constaté Archibald. Il ne devait faire que 19° C. L'atmosphère était sèche.
Au cours de leurs multiples reconnaissances, ils avaient vu un nombre incalculable d'animaux. Archibald les notait dans son carnet. Toujours à les décrire avec une infinie minutie à l'appui de croquis. Il se plaisait à observer les oiseaux tels que les pélicans, frégates, mouettes, tyrans, buses ou pinsons de Darwin.

[Derrière le feuillage ce mystérieux regard...]

Roxane adorait les moqueurs,* leurs chants. Ils venaient se poser près d'elle. C'était magique.

Archibald observait également les iguanes. Notamment l'iguane rose qui se nourrissait de crevettes ou le terrestre qui était végétarien. Les geckos (petits lézards) faisaient peur à Roxane, ils surgissaient de nulle part, cela la faisait sursauter et sourire Archie.

Tout ce monde semblait hors du temps !

*petits oiseaux ressemblant à des grives

« - Roxy, puis-je vous poser une question indiscrète ?

- oui, je vous écoute Archie !

aviez-vous un fiancé à *Eatonville* ?

- non c'est pour cela qu'il m'avait été facile de partir pour *Hawai* !

- je suis surpris, vous deviez cependant avoir des dizaines de garçons qui ne devaient avoir d'yeux que pour vous ?

- oh, non Archie ! Les garçons n'aiment pas être battus au tir au fusil, ou à la course à cheval. Une femme doit rester à sa place, dans la cuisine, à ses travaux d'aiguilles !

- je ne suis pas d'accord. Les femmes peuvent s'adonner, elles aussi à des loisirs, à s'exprimer. C'était un des points de discorde avec ma mère !

- oh, je vois ! Et vous Archie, votre allure, vos grands yeux verts, ne devaient pas laisser indifférentes les femmes de votre entourage ?

- certes, mais elles étaient frivoles et beaucoup trop intéressées à mon goût, vous voyez ? J'aspire plus vers une femme pour qui mes notes seraient une source d'émerveillement, qui susciteraient un intérêt certain, et non pas pour mon compte en banque ! »

Leurs regards se croisèrent. Ils se sourirent d'un air entendu.

« - je constate que vous avez une idée bien précise de la compagne qui partagerai votre vie ! Elle se perdit dans son regard émeraude

- oui, je souhaiterai qu'elle soit comme vous lorsque nous découvrons une nouvelle plante, ou espèce animale, le balai aquatique des baleines, c'est juste fantastique ! Vous êtes telle une enfant, les yeux pétillants devant tant de merveilles ! Il lui prit tendrement la main

- une enfant, oh, vous ! Vous avez le chic pour m'agacer. Je ne suis plus une enfant, je suis une femme ! Elle lâchait violemment sa main tout en bombant le torse.

- oui, je suis désolé Roxane, pardonnez ma maladresse, le terme était mal choisi, il est vrai !
- enfin, je vous pardonne !
- Roxane, vous me plaisez beaucoup, vous le savez ? Il se penchait vers elle
- oui, oui, enfin ! Se détournant de lui. Nous nous apprécions, il est vrai, mais comme des amis, n'est-ce pas ? questionnait-elle, le teint rosi par la gène
- oui, oui, évidemment Roxy ! ».

[Derrière le feuillage toujours ce mystérieux regard...]

IX

Août 1922,

Roxanne s'étonnait à rêver d'Archibald.
Elle avait vingt ans, l'esprit romanesque.
Cette phrase résonnait dans sa tête

*[Roxanne vous me plaisez beaucoup ! Je
lui plais, il me plaît. Mais nous sommes sur
cette île, prisonniers de cet endroit
idyllique, certes ! Mais qu'arriverait-il, si
nous finissions par ne plus nous
entendre ?]* Tant de questions,
d'hésitations. Roxane ne savait plus ce
qu'elle devait en penser.

Archibald, lui ne cessait de penser à elle.
Ses nuits n'étaient que sensualité, douceur
où elles l'emportaient dans des rêveries
érotiques. Il la désirait. Cette jeune femme
l'avait troublé, ému. Il la trouvait
craquante, agissant son doigt sous son nez,
l'air menaçant. *[Je l'aime !]* pensait-il.

✔

Roxane était assise, le regard fixant
l'horizon, sur les rochers qui s'avançaient
dans l'océan, formant une petite digue.

« - Roxane, tout va bien ?
- oui, Archie, pourquoi ?

- je vous trouve si triste, vous devriez m'en parler, cela irait mieux !

- Archie, je pense à mon père, mes frères ! dit-elle les yeux remplis de larmes

- Roxy, ma douce Roxane ! Il l'a prit dans ses bras

- Archie, j'ai tant besoin de votre force ! Elle se blottit de plus belle contre se torse musclé

- je suis là Roxane, ne craigniez rien ! Il lui caressait les cheveux et lui déposa un baiser

- Archie, j'ai l'air forte, je suis fière, mais là, j'avoue que mon espoir s'amenuise peu à peu ! Elle s'effondra

- Roxy, Roxy, regardez-moi ! Il lui relevait doucement le menton. Vous avez confiance en moi n'est-ce pas ?

- oui, bien sûr ! Les yeux toujours remplis de larmes

- je suis là, je vous assure que nous allons nous en sortir, je vous en fais la promesse Roxane ! » Il déposa un tendre baiser sur les lèvres rosées qui s'offraient à lui.

Roxane, contre toutes attentes, ne le repoussa pas au contraire, elle passa ses bras autour de son cou et répondit en un fougueux baiser.

✔

Après ce baiser, Roxane et Archibald firent de longues balades sur la plage, des dîners romantiques sous le ciel étoilé. Mais leur idylle restait timide et chaste.

[Je ne veux pas la brusquer, c'est une jeune vierge, je veux qu'elle soit confiante, que sa première fois soit tendre, rien ne presse. Je l'aime tant !] Cogitait-il.

Roxane était aux anges. Il était si prévenant, ses baisers étaient si tendres. Elle rêvait de ses bras, de son corps contre le sien.

[Il faut que je lui fasse comprendre que je suis prête. Je l'aime si fort ! Comment en suis-je arrivée là ? Il m'agaçait tant, je l'aurai giflé ! C'est un être si délicat !] Songeait-elle.

✔

Un soir, alors qu'ils s'apprêtaient à se quitter, après avoir passé une partie de la nuit à contempler le ciel étoilé. Archie l'attira contre lui et l'embrassa avec passion. Roxane n'aurait jamais voulu que ce moment ne se termine. Elle l'enlaça un peu plus fort.

« - Oh, Roxane, je t'aime ! Il continuait de la contempler

- Archie mon amour !

-Viens mon ange ! » Il la prit dans ses bras. Il la transporta sous l'abri qui les protégeait des prédateurs de l'île. Il la déposa sur la couche qu'elle s'était aménagée.

De la paille, des feuilles de palétuviers. Le drapé d'un parachute, une couverture colorée.

Elle continuait à l'embrasser tout en lui caressant la nuque. Elle déboutonnait la chemise de son futur amant, afin d'être plus entreprenante. Archie lui, dégrafait sa blouse rose pastel et découvrit ses épaules. Il y déposait un baiser. Elle gémit doucement.

« - Roxy, mon amour, je t'aime ! dit-il tendrement

- Archie, je t'aime aussi, je..., je... !

- que ce passe-t-il mon ange, tout va bien ? Chuchotait-il

- oui, je suis juste un peu nerveuse ! Je n'ai jamais... euh ! Enfin tu comprends ?

- tout ira bien, quoiqu'il se passe, dis-moi
si quelque chose t'effraie !
- Archie, oui, j'ai confiance ! » Elle
continuait de l'embrasser, de le caresser.

Ses mains glissèrent sur le pantalon
d'Archibald. Elle sentit son sexe gonflé .
Cela la troublait quelque peu, mais éprise
d'une telle passion, ne cherchant qu'à lui
plaire, elle continuait à explorer le corps de
son aimé.
Archie lui retirera délicatement sa jupe. Ils
continuèrent à se déshabiller avec
impatience désormais. Les voilà nus. Leurs
corps serrés l'un contre l'autre. Roxane
gémit doucement.

Son corps fébrile lui intimait des sensations, des vibrations jusqu'alors inconnues. Son souffle se faisait court, plus intense. Archie sentait cette frénésie monter en lui, il n'avait plus aucun contrôle sur son corps, son envie. Voulant prendre cette fleur fragile, et délicate. Il la désirait, la caressait, l'embrassait. Faisait courir ses doigts sur ce corps sublime, ses lèvres parcouraient cette beauté.

Roxane, le voulait, elle n'aspirait qu'à se donner. Leurs mains, leurs lèvres, leurs langues, leurs corps, tout bouillonnait. Plus rien n'était réel. Leurs voluptés les avaient transcendés.

Leurs corps ne faisaient plus qu'un désormais. Ils s'abandonnèrent totalement. Roxane gémissait, poussait de petits cris. Tout était plus fort, tout en restant tendre et passionné.

Les deux amants s'embrassèrent longuement. Leurs souffles se firent plus lents, leurs corps commencèrent à ralentir leurs soubresauts. Leurs souffles finirent par s'arrêter. Leurs corps inertes. Ils reprirent peu à peu leurs esprits.

« - mon amour, tout va bien ? S'enquiert doucement Archie

- oui Archie, délicieusement bien mon amour ! Lui chuchotait-elle au creux de l'oreille

- Je t'aime Roxane ! ».

Il se glissa à ses côtés, il remonta la couverture sur elle avec délicatesse. Elle se blottit dans ses bras, ils s'endormirent ainsi.

[Leur première nuit avait été magique !] songeait-elle.
[Leur première nuit ne faisait que conforter qu'elle était la femme de sa vie !] pensait Archie.

X

Septembre 1922,

Nos héros filaient le parfait amour.

Roxane était épanouie, Archibald heureux
d'avoir la compagne tant souhaité.

Ils étaient sur les hauteurs de l'île,
lorsqu'ils aperçurent un navire. Ils étaient
transportés de joie !

« - Roxy, Roxy !
- que se passe-t-il mon amour ? Elle
s'approchait
- regarde là-bas un bateau, c'est
fantastique !
- oui, oh oui ! Archie. ».

Ils descendirent rapidement le chemin pour rejoindre le rivage.

Lorsqu'ils arrivèrent sur la plage, une petite embarcation venait d'accoster.

A l'intérieur, Archie distinguait cinq hommes, armés de fusils.

« - cela ne présage rien de bon, viens, Roxy !

Il lui prit la main et coururent se mettre à l'abri

- qu'allons-nous faire Archie, nous n'avons même pas notre arbalète ? Chuchotait-elle

- je ne sais pas, laisses moi réfléchir…

Un coup sec à l'arrière du crâne, le voilà inconscient au sol.

- Archie, non ! Mais lâchez-moi, oh, vous !
Laissez-moi ! Se débattait Roxane

- arrête de bouger poupée ! Lui sommait un
des pirates en ricanant.

- tient, tient, tient, que voilà une belle
prise ! constatait leur chef

- qui êtes-vous, et pourquoi avez-vous
assommé Archie ? Demandait Roxy avec
aplomb

- Capitaine Mortimer Jones, pour vous
servir jolie Demoiselle ! dit-il en mimant
une révérence

- vous êtes un pirate n'est-ce-pas ? Un filou
de la pire espèce ! Elle lui crachait au
visage

- attention, mademoiselle ne recommençait plus une telle folie, ma patience à ses limites ! dit-il en lui empoignant sa belle chevelure

- lâchez-moi, vous croyez me faire peur, espèce de lâche !

Archie reprit connaissance, se relevant encore un peu groguis

- mais, mais …qui êtes-vous ? Roxane tu n'as rien ? La prenant dans ses bras

- alors, vous êtes sa chérie ? Cela est fort instructif. Ligotez-le ! ordonnait Jones. Quant à Mademoiselle je vais m'en occuper personnellement ! Il la prit par la taille.

- lâchez- moi sale butor ! Elle le repoussait
- lâchez-là, ne lui faîtes pas de mal, je vous
en prie ! Implorait Archibald
- ne craigniez rien, je ne suis pas un
monstre. Juste un pirate ! Nous récupérons
le trésor et nous repartirons, comme nous
sommes arrivés, sans bruit ! Ricanait-il
- un trésor ? S'étonnait Archie
il n'y a pas de trésor, enfin ceux sont des
histoires inventées pour les enfants !
- détrompez-vous fillette, il est bien réel,
j'ai l'emplacement exact noté ici sur cette
carte ! Il sortit un parchemin sur lequel
était dessinée une carte, marquée d'une
croix.

- oh, vous ! Je ne suis pas une fillette et vous êtes fou si vous croyez à ces sornettes !

- Roxane, calme-toi ! il faut garder la tête froide ! dit Archie en lui lançant un regard désapprobateur

- bien assez papoté, avancez ! » Ordonnait le Capitaine

✔

Archibald savait que le Capitaine et sa bande pouvait avoir raison*. *[Il est possible que certains flibustiers aient caché leur butin ! Il fallait se montrer prudent !]* Cogitait-il.

*Les îles Galápagos étaient réputées pour leurs passés historiques. Durant près de 300 ans l'archipel servira de base aux explorateurs, navigateurs, ainsi qu'aux pirates, Français, Hollandais, Anglais. Ces îles seront utilisées pour le ravitaillement en viande et eau potable.

[Derrière le feuillage ce mystérieux regard veille sur nos deux héros.]

XI

Septembre 1922,

Les pirates avaient débarqué la veille.

« - bien petite demoiselle, vous venez avec
moi ! Mortimer la prit par le bras
- lâchez-moi, sale brute ! Ordonnait
Roxane
- cela suffit, je veux juste que vous me
serviez de garantie au cas où votre chéri se
montrerait peu coopératif !
Voilà, les choses sont claires. Vous faites
ce que je vous demande, ou la jolie
pouliche risque d'avoir des petits
problèmes, tu comprends ce que je veux
dire, pas vrai ? Jones lui lançait un clin
d'œil complice

- oui je ferai tout ce qu'il faudra, mais
ne lui faites pas de mal !
- Il n'y aura aucun souci, tu nous aides à
trouver ce trésor et tout le monde ira bien !
Indiquait Jones la main sur le cœur, comme
pour donner sa parole
- allons, mettons-nous en marche. Cela fait
combien de temps que vous êtes sur cette
île l'ami ? Interrogeait le Capitaine
- environ six mois !
- donc tu dois bien connaître l'île, pas
vrai ?

- oui, nous en avons parcouru une grande partie. C'est un volcan, il y a des zones inaccessibles !

- tu vois c'est parfait, tu vas nous servir d'éclaireur !

- quant à toi, jolie Roxane, tu continues à être docile et tout ira bien ! Se tournait-il vers elle

- oh, vous, vous êtes un animal, je vous déteste ! lançait-elle furieuse

- Ah ! Ah ! Ah ! Mais c'est qu'elle a du tempérament la demoiselle. Allez ! Assez bavassé, on continue ! ordonnait le Capitaine. Et vous aussi tas de fainéants ! » Criait-il à ses hommes.

Ils commencèrent à grimper, ils arrivèrent vers la zone aride de l'île.

« - qu'est-ce-que c'est que cet endroit ? Il n'a jamais été question d'être entourés de cactus géants ! Pestait Jones

- l'île se compose de plusieurs paliers de végétation, de terre, de roche !

- ouais, mon emplacement indique un arbre de plus de trois mètres de haut ! criait le Capitaine, On continue ! »

Roxane anxieuse, ne regardant pas vraiment où elle marchait, se foula la cheville en coinçant son pied entre deux pierres.

« - Ouïe, oh ça fait mal ! Elle se massa la cheville

- Roxane, Roxane, tout va bien ?
S'agenouillait Archie, les mains ligotées

- oui Archie, ne t'inquiète pas. J'ai juste dû me fouler la cheville ! Elle lui caressait la joue

- faites voir ça ma jolie ! Dt Jones en regardant sa cheville. Ce n'est rien, allez en route ! Il la jeta sur son dos, tel un sac de charbon, en ricanant.

- lâchez-moi, posez-moi à terre ! En se débattant.. Oh, vous ! Je vous ordonne de me lâcher !

- tu es sûre poupée ? Tu veux vraiment que je te lâche ? demandait-il en se tournant pour lui faire découvrir le précipice juste au dessous d'eux, en éclatant de rire
- non, ah, non ! Tout en s'agrippant à lui
- bien, nous sommes d'accord ! ».

Ils reprirent leur escalade de l'île. Archie était en rage. Les hommes de Jones commençaient à se demander pourquoi ils étaient là. A crapahuter au beau milieu du Pacifique pour un hypothétique butin. Roxane, toujours ballottée sur les épaules du Capitaine, bouillonnait en son for intérieur.

[Oh ! Archie, je te déteste pour m'avoir embarqué dans cette aventure de malheur. Et vous ! Vous ! Capitaine Pirate, je te maudis !] Telles étaient ses pensées, prête à exploser.

Après plusieurs heures de marche, voilà notre petit groupe sur les hauteurs de l'île. Le paysage était à couper le souffle. Le Capitaine Jones était ravi d'être enfin arrivé au sommet. Il vit les fougères arborescentes qui atteignaient les trois mètres de haut. Il posa Roxane à terre, elle s'assit sur une pierre, se massa la cheville. Ils obligaient Archie à s'agenouiller. Il s'en voulait de ne pas être intervenu. Mais il n'y a pas vraiment eu de moments opportuns pour tenter quelque chose.

Le Capitaine ordonnait à ses hommes de commencer à creuser sous chacune des énormes fougères qui avaient l'allure d'arbres gigantesques aux larges feuilles. Ceux-ci creusèrent sans grande conviction.

« - allez, creusez, tas de bons à rien !
- alors petite Demoiselle, cette cheville ?
- ça vous intéresse vraiment,
- oh, susceptible, la donzelle !
et toi l'ami, elle a du caractère ta chérie, hein ?
- laissez-la tranquille ! Détachez-moi et vous verrez !

- allons, allons, calmes-toi l'ami. Je te l'ai dit. On récupère le trésor et on reprend le large. Je suis même beau joueur, je vous dépose où vous voulez ! proposait-il en se grattant le menton

- comment pourrions-nous, vous faire confiance ? Vous êtes des flibustiers !

- c'est toi qui vois Monsieur ! demande à ta petite femme, avant de refuser ma proposition ! Suggérait Jones

- c'est hors de question ! répondait tout net Roxane

- je vois, c'est toi qui porte la culotte poupée ! Il s'esclaffait

- n'importe quoi, vous êtes une brute sans cœur. Oh ! Pestait-elle en croisant ses bras, l'air boudeur

- pouah ! Comme vous voulez les amoureux !

 Il se dirigeait vers ses hommes.

« - alors où en sommes-nous ? S'adressait-il à son second

- rien, il n'y a rien Capitaine, vous croyez que l'on trouvera quelque chose ?

- mais bien sûr ! Je n'ai pas payé cette maudite carte pour qu'elle soit fausse ! Allez continuer tas de larves ! »

De leur côté, Archie et Roxy échafaudaient un plan pour tenter de sortir de cette impasse.

Profitant d'un moment d'inattention du Capitaine et sa bande, Roxane défit les liens d'Archibald.

Un des hommes de Jones vint vers eux. Il posa son fusil à terre et bu quelques gorgées d'eau. Roxane faisant le gué, Archie en profitait pour l'assommer. Il le bâillonnait, le ligotait, le traînait derrière un fourré. Le Capitaine et ses hommes étaient trop affairés pour s'apercevoir de ce qui se passait.

Archie récupérait le fusil et le pistolet du pirate. Ils se dirigeaient vers le petit groupe.

« - posez vos armes, ne faites rien de stupide !

- oh, l'ami ne nous fâchons pas ! L'on peut discuter ! Rétorquait Jones

- je ne le répéterai pas, posez vos armes ! »
Il tira en l'air

Les hommes de Mortimer Jones jetèrent
leurs fusils et leurs pistolets, ne pensant
qu'à sauver leur peau. Roxy récupérait les
armes, jetait les fusils au fond du canyon.
Elle les tenait en respect pendant qu'Archie
les ligotait.

Il intimait à Jones de rien tenter. Il lui
assénait un violent coup de poing, afin de
se venger de ce qu'il avait fait subir à
Roxane.

« - maintenant, messieurs, nous allons
redescendre sur la plage !
- non, allons l'ami ! Le trésor est là, s'il
vous plaît laissez-nous creuser encore !

Suppliait le Capitaine tout en s'essuyant le
filet de sang qui coulait de sa lèvre blessée.
- vous plaisantez ?
- moi je dis ça, je dis rien ! dit Jones en
haussant les épaules
-dites rien alors ! Avancez ! » Il bousculait
les hommes de Jones.

*[Archie est trop craquant, le courage, la
bravoure lui vont si bien !]* pensait
Roxane en suivant du regard son homme.

[Derrière le feuillage toujours à l'affût ce
mystérieux regard continuait de veiller sur
nos héros.]

XII

Septembre 1922,

Arrivé sur la plage, le petit groupe se figea.

Comment cela était-il possible ? Plusieurs hommes, *[des guerriers* ! *]* Pensait Archie, au vue de leurs armes, piques, arcs, flèches, leurs costumes recouverts de plumes, de longues feuilles, d'un pagne protégeant leur virilité, de parures d'ornement.

[Cette île était donc habitée !]
S'étonnèrent Archie et Roxy médusés.

Ils avaient passé plus de six mois sur cet immense caillou. Ils ne se montraient à eux qu'aujourd'hui. Archibald et Roxane étaient dubitatifs. Le Capitaine Jones et ses hommes, eux aussi étaient surpris, très inquiets.

Un homme qui semblait être le chef s'approchait d'eux.

« - vous êtes un homme brave ! Il s'adressait à Archie
- vous parlez notre langue ? Vous vivez sur l'île, j'ai tant de questions !
- oui, nous vous avons observé, vous vous êtes bien comportés avec notre terre, envers les animaux,

vous n'avez pas pillé nos tombes, ni nos temples. Nous veillons sur vous depuis votre arrivée ! Expliquait l'homme

- vous nous avez observé, pourquoi ne pas nous avoir aidés dès le début ? Questionnait Roxy agacée

- Roxy, s'il te plaît ne sois pas si agressive ! Intervint Archie

- mais, tu avoueras que c'est…

- je sais ! Coupait-il la parole

- nous allons vous aider !

- ah, et comment ? Demandait impatiente Roxane,

il fit signe à ses soldats, de saisir le Capitaine et ses hommes.

- nous allons nous occuper d'eux. Ils ont profané notre lieu sacré.

Ils doivent répondre de leurs actes !

- non, mais quelle profanation ? Demandait Jones inquiet

- Capitaine que vont-ils faire de nous ? Questionnait son second

- courage, on va s'en sortir moussaillons ! dit Jones en essayant d'être convainquant

- je ne pense pas ! Le chef les fusillait du regard

Archie et Roxane se regardèrent et rirent de bon cœur

- nous retournons au village. Ne vous inquiétez pas, nous continuerons à veiller sur vous ! dit le chef toujours aussi solennel, j'aurai cependant une requête !

Ne jamais parler de nous. Personne ne doit savoir que cette île est habitée. Mon ancêtre a connu ce Darwin. Il lui avait juré de ne pas révéler cette découverte. Il a tenu parole. Ses notes se sont inspirées des histoires de notre peuple, de nos coutumes. Il a su écouter, mais surtout observer. Mon ancêtre disait *(homme venu par delà les eaux est bon. Sa parole est pure !)*

- oui, bien sûr, vous avez ma parole, mais laissez-moi vous poser deux ou trois questions, c'est extraordinaire ! dit Archie avec passion

- oui, votre soif de connaissances ! Je vous ai longuement observé. Toujours à noter dans votre livre.

- exactement j'ai pris beaucoup de notes afin de pouvoir en extraire le meilleur. Peut-être un roman ?

- oui, mais sans mentionner notre existence !

- cela va de soi ! Nous garderons le secret. Nous vous en faisons la promesse ! dit-il en joignant ses mains aux siennes, Roxane suivi son geste

- je vous en fais le serment également ! dit-elle en regardant les deux hommes.

L'homme tourna les talons

- comment pouvons-nous partir d'ici ? Où sommes-nous d'ailleurs ? Vers où devons-nous nous diriger ? Je vous en prie, répondez nous !
- vous le saurez lorsqu'il sera temps pour vous ! » dit l'homme toujours imperturbable, et ils disparurent sous les palétuviers.

Archie et Roxane n'y croyaient pas !
Comment cela était possible ?
S'étonnèrent-ils. C'était surréaliste !

« - Archie, est-ce que tu as vu et entendu la même chose que moi ?

- oui, ma chère, c'est hallucinant. Cette île est habitée. Nous avons été menacés par des pirates ! S'étonnait-il encore

- qu'allons-nous faire ? On pourrait utiliser le bateau des boucaniers !

- oui viens, nous allons jeter un coup d' œil au navire ! » Il lui prit la main.

Ils prirent la petite embarcation, accostèrent près du bateau. Ils y découvrirent des munitions, des barils d'eau potable et du ravitaillement. Ils entrèrent dans la cabine du Capitaine. Des cartes étaient accrochées et posées sur la table.

« - regarde, Roxy, voilà, oui, nous sommes
ici, nous devrions rallier le Mexique et plus
précisément Acapulco !

- Oh, Archie, c'est vrai, bien vrai, nous
allons quitter cet endroit ? Elle se jetait
dans ses bras

- oui mon amour, je vais nous sortir de là,
je te l'avais promis, tu t'en souviens ? Il
l'embrassait

- Archie, enfin ! » Elle était heureuse.

✔

Ils retournèrent sur l'île, la nuit allait
bientôt tomber.

Ils passèrent une dernière nuit dans leur petit abri. Sur leur couche où, ils se sont tant aimés.

« - oh ! Archie, mon amour ! Elle se blottit dans ses bras

- tu es heureuse mon ange ?

- oui Archie, je suis cependant anxieuse. Ici nous étions comme protégés, seuls au monde !

- rien ne changera mon amour voyons, n'ai aucune crainte !

- tu crois vraiment que rien ne changera une fois que nous serons de retour ?

Ta famille, mon père, mes frères, nos vies respectives. Nous ne pourrons pas faire comme si tout cela n'avait pas existé ?

- mais, mon amour, nous nous aimons. Je n'envisage pas un seul instant ne pas être à tes côtés ! Il la serra plus fort encore

- Archie je t'aime tant ! » Elle l'embrassait, lui caressant la nuque.

Il dégrafa sa robe, l'embrassa délicatement dans le cou. Elle ouvrit sa chemise, lui caressant le torse. Il retira sa robe, lui caressa les seins, les effleurait de ses lèvres. Roxane gémissait doucement, son corps commençait à frissonner de désir. Archie la voulait comme toujours ! Il l'aimait, elle le rendait fou.

Elle était belle, sublime, son corps aurait damné un saint. Le grain de sa peau laiteuse était si délicat. Roxane enlevait la chemise d'Archie et l'aidait à se débarrasser de son pantalon.

Elle lui prodiguait de divines caresses sur sa virilité, qu'elle désirait tant. Lui cherchait la chaleur de sa féminité. Leurs souffles saccadés, leurs corps se mouvaient l'un avec l'autre. Leurs désirs devenaient de plus en plus pressants.

Leurs lèvres se frôlaient se cherchaient, leurs langues se mêlaient afin d'accentuer leurs envies. Leurs caresses se faisaient plus coquines, plus précises, afin d'affiner leur plaisir. Roxane gémissait, gémissait encore.

Son corps vibrait plus intensément. Archie
accédait au plaisir suprême, tout en se
perdant dans le regard azur de Roxane. Elle
sentait le feu de sa jouissance fusionner
avec celle d'Archie. C'était puissant,
violent, leurs corps ne pouvaient se séparer,
même après de longues minutes, ils s'en
défendaient d'ailleurs. Ils ne souhaitaient
ne faire qu'un encore et toujours.
Leur amour était fusionnel, passionné.

*[Leurs nuits, elle adorait leurs nuits
d'amour. Il lui avait tant appris, tant
donné. Je l'aime à la folie !]* Pensait-elle
après ce plaisir qui la faisait rougir parfois,
mais qui la comblait.

Archie, comme toujours, se glissait à ses côtés, remontait avec délicatesse la couverture sur le corps dénudé de sa belle. Ils s'embrassaient, puis s'endormaient blottis dans les bras l'un de l'autre.

XIII

Fin Septembre 1922,

Ils étaient sur le point d'embarquer sur ce petit navire providentiel.

« - tu as vérifié qu'il ne manquait rien, mon ange ?
- oui, je pense mon amour !
- tu es prête à quitter notre île ?
- oui, Archie, même si je dois bien avouer que nos nuits sous les étoiles, nos balades romantiques où les vagues venant mourir sous nos pas, nos excursions, nos découvertes vont beaucoup me manquer !

- je sais, oui à moi aussi tout ceci me manquera, mais rien ne nous empêchera, mon amour de reproduire tous ces merveilleux moments ! Assurait Archie

- tu ferais cela pour moi ? Elle se blottit dans ses bras

- bien sûr, Roxy. Nous allons rentrer chez nous. Nous aurons toute la vie devant nous mon amour !

- oui ! »

 Répondit Roxane tout en songeant à leur vie future.

[Derrière le feuillage les mystérieux habitants les regardaient quitter leur île.]

✔

Ils voguèrent sur cette immensité pendant plusieurs jours. La traversée s'était relativement bien passée. Ils n'avaient essuyé qu'une tempête, qui leur avait paru bien inoffensive, après tout ce qu'ils avaient dû affronter durant tous ces mois.

Ils accostèrent à Acapulco, superbe ville côtière du Mexique.

Ils étaient enfin sur le continent ! Ils télégraphiaient à leurs familles. Ils ralliaient Miami.

✔

Les retrouvailles furent l'occasion d'une véritable fête. Les Patterson et Mc Callum étaient heureux d'avoir enfin retrouvé leurs enfants.

Lors des fêtes de fin d'année, Archibald épousait Roxane. Cela donnait lieu à la plus somptueuse cérémonie que Miami ait connu durant la décennie. Une fête mémorable qu'Eleanor organisa, tels les plus dignes « wedding planners » de l'époque.

Quelques heures plus tard, ils décidaient de s'éclipser. Elle quittait ses luxueuses chaussures. Il desserrait son nœud de cravate, et jetait son veston sur son épaule.

Ils descendaient le petit chemin en contrebas de la propriété. Ils arrivaient dans la crique privée attenante au domaine Patterson.

« - tu vois mon ange, je t'avais dit que nous pourrions contempler les étoiles, tout en laissant mourir les vagues sous nos pas ! Il la regardait tendrement
- Archie c'est un merveilleux rêve, éveillé. Je vis un véritable conte de fées. Je t'aime tant ! Elle se serrait contre ce torse musclé qui la faisait tant fantasmer encore aujourd'hui.

- tu es heureuse, n'est-ce pas ? Interrogeait-il comblé tout en la prenant par la taille
- tu l'es aussi ? C'est donc le bonheur parfait. Passant ses bras autour de son cou, lui caressant la nuque, lui donnant un tendre et fougueux baiser
- dis-moi chérie, l'île ne te manques pas ? demandait-il se perdant encore et toujours dans son regard azur
- oh, Archie, oui, très souvent !
- que dirais-tu, si c'était la destination de notre voyage de noces ?
- Archie, es-tu sérieux ?
- oui, qu'en penses-tu ? Je sais cela parait fou, mais...
- je suis d'accord, oui, oui Archie, repartons là-bas !

EPILOGUE

Février 1923,

Il y avait un an, tout juste Archibald Patterson et Roxane Mc Callum avaient atterri en catastrophe quelque part au milieu du Pacifique.

Aujourd'hui, Mr et Mme Patterson avaient accosté sur leur île, leur paradis.

Ils appréciaient tant leur vie ici. Simple, naturelle, tout était si pur, intact. Ils décidèrent de s'installer définitivement sur ce petit bout de paradis.

Les habitants de l'île en firent leurs hôtes d'honneur, trop heureux de les avoir à nouveaux près d'eux.

Archie était devenu leur scribe, afin de retranscrire leur histoire, leurs us et coutumes, leurs légendes.
Roxane s'adonnait à la médecine par les plantes, et confectionnait des bijoux.

Ils les nommaient respectivement :
Homme écriture et *Femme médecine*.

Quelques années plus tard. Archie Junior et Lizzie vinrent agrandir la famille Patterson.

D'après la légende, les jours où les alizés soufflaient leurs vents légers, l'on pouvait entendre des éclats de rire d'enfants, et ressentir la douceur des baisers du véritable Amour, tels Archibald et Roxane.

L'on pouvait également entrevoir derrière le feuillage un mystérieux regard...

FIN

122